Sternenschweif

Alles über Einhörner

Von Kay Woodward

Illustriert von Strawberrie Donnelly

Aus dem Englischen von Katharina Mauder

KOSMOS

Umschlaggestaltung von Bettina Kanitz, Stuttgart,
unter Verwendung einer Illustration von Strawberrie Donnelly.
Aus dem Englischen übersetzt von Katharina Mauder.

Titel der englischen Originalausgabe:
My secret world – Magical unicorns
First published by Puffin Books, part of Penguin Books Ltd. 2004

Dieses Buch folgt den Regeln der neuen deutschen Rechtschreibung.

In der Reihe „Sternenschweif" sind viele Bände erschienen.
Du findest sie auf S. 78.

Nach der Lizenz „My Secret Unicorn", © Working Partners Ltd.
Bibliografische Informationen der Deutschen Bibliothek
Die Deutsche Bibliothek verzeichnet diese Publikation in der
Deutschen Nationalbibliografie; detaillierte bibliografische Daten
sind im Internet über http://dnb.ddb.de abrufbar.

Für die deutschsprachige Ausgabe:

ISBN-13: 978-3-440-10625-9, ISBN-10: 3-440-10625-X
Redaktion: Claudia Steinke
Layout: Bettina Kanitz, Tamara Just
Produktion: Ralf Paucke
Printed in the Czech Republic / Imprimé en République tchèque

Inhalt

Willkommen in der geheimnisvollen Welt der Einhörner

Hast du auch schon einmal davon geträumt, auf dem sanften Rücken eines Einhorns davonzureiten? Hast du im Traum seine seidige Mähne gestreichelt und ihm Geheimnisse in seine weichen Ohren geflüstert? Hast du dir jemals vorgestellt, über die Dächer hinwegzufliegen, hinein in die geheimnisvolle Welt der Einhörner, die voll von Zauber und Magie ist …? Glaubst du auch, dass Einhörner besondere Kräfte besitzen? Wie du weißt, gibt es Einhörner nicht in Zoos.

Man findet sie meistens nur auf den Seiten von Märchen- und Geschichtenbüchern. Im wahren Leben sind sie viel, viel schwerer zu entdecken. Einige Menschen denken, dass sie weit, weit weg, in verwunschenen Wäldern leben. Andere glauben, dass die Einhörner die Welt bereisen und jeden verzaubern, der ihnen begegnet. Wieder andere Leute sagen, dass Einhörner gar nicht existieren! Im Laufe der Jahrhunderte haben jedoch immer wieder Menschen behauptet, Einhörner gesehen zu haben, und dies in Schriften oder in Kunstwerken festgehalten. Um herauszufinden, wer Recht hat und wer falsch liegt, kannst du dir mithilfe dieses kleinen Büchleins dein eigenes Bild machen. Tauche ein in die geheimnisvolle Welt der Einhörner …

I

Wie sieht ein Einhorn aus?

Nebelschwaden ziehen durch den schattigen Wald. Dunsttropfen glitzern auf den Blättern, Zweigen und Grashalmen. Dann durchschneidet ein Sonnenstrahl die Dunkelheit. Nach und nach löst sich der Nebel auf und eine Lichtung wird sichtbar. Dort steht ein pferdeähnliches Wesen mit einem geschmeidigen, weißen Fell. Es hebt den Kopf und ein einzelnes Horn auf seiner Stirn glitzert, als wäre es aus Silber …

Ein Einhorn ähnelt einem Pferd, aber es gibt einen Unterschied: Das Einhorn hat ein prächtiges Horn auf seiner Stirn.
Seit Menschengedenken haben viele Men-

schen immer wieder behauptet, Einhörner gesehen zu haben. Mythen und Legenden wurden von Generation zu Generation weitergegeben. Diese erzählen von den magischen Kräften des Einhorns und von seiner strahlenden Schönheit. Aber nicht alle Geschichten beschreiben das Einhorn auf die gleiche Weise. Wie sieht ein Einhorn also tatsächlich aus?

Alle Farben des Regenbogens

Eine uralte chinesische Legende beschreibt ein Einhorn, das den Körper eines Rehs, Pferdehufe und den Schwanz eines Ochsens hat. Das Horn soll aus Fleisch sein, nicht aus Horn. Und angeblich schimmert das Fell dieses Einhorns in Rot, Gelb, Blau, Weiß und Schwarz – den fünf heiligen chinesischen Farben.

Ein berühmter griechischer Arzt und Autor namens Ktesias erzählt um 400 v. Chr. von einem wilden Esel, so groß wie ein Pferd. Der Esel hatte laut Beschreibung einen weißen Körper, einen violetten Kopf und klare, blaue Augen. Sein Horn – das beinahe 30 Zentimeter lang war – war am Ansatz weiß, ging in Schwarz über und hatte eine leuchtend rote Spitze. Obwohl viele Menschen glauben, dass dieses ungewöhnliche Tier tatsächlich ein Einhorn war, könnte es auch sein, dass Ktesias eigentlich ein Rhinozeros gesehen hat. Aber das werden wir nie wissen …

In den meisten Geschichten wird das Einhorn als reines, weißes Wesen beschrieben. Manchmal hat es außerdem riesige silbrigweiße Flügel, die aus seinem Rücken wachsen. In den verschiedenen Kulturen entstanden immer wieder unterschiedliche Darstellungen und Beschreibungen dieser Tiere. Es gab zum Beispiel schwarze Einhörner mit blutrotem Horn, Einhörner mit gespaltenem Huf und dem Schweif und der Mähne eines Löwen. In unserer Kultur geht man eher davon aus, dass das Einhorn wie

ein schillerndes, weißes Pferd mit weißen Hufen aussieht. Ein einzelnes Horn wächst spiralförmig aus seiner glatten Stirn.
Aber ob diese Geschöpfe nun rot, gelb, blau, violett, weiß oder schwarz sind, eines haben alle Mythen gemeinsam: Sie beschreiben die Einhörner als wunderschöne, anmutige Wesen, die von einem unerklärlichen Zauber umgeben sind.

Wusstest du …

… dass Einhörner der Sage nach wunderschöne Augen besitzen? Allerdings kann man nur schwer sagen, welche Farbe sie haben. Manchmal sehen sie schokoladenbraun aus, dann wieder schimmern sie tiefblau.

… dass Einhörner angeblich immer in dem Wald bleiben, in dem sie geboren wurden? Diesen Wald beschützen und behüten sie, und daher sind in Wäldern, in denen Einhörner leben, auch alle Tiere und Pflanzen ein kleines bisschen größer und gesünder als normal.

2

Einhorn-Geheimnisse

Glaubst du, dass es Einhörner gibt? Einige Geheimnisse über diese magischen, mythischen und mysteriösen Wesen sind immer wieder erzählt worden. Möchtest du mehr darüber wissen? Dann such dir einen schönen, geheimen Ort aus, mach es dir gemütlich und tauche ein in die geheimnisvolle Welt der Einhörner …

Einhörner sind sehr scheue Wesen, die stets bemüht sind, sich und ihre geheime Welt im Verborgenen zu halten. Dennoch haben im Laufe der Jahrhunderte immer wieder Menschen behauptet, Einhörner gesehen zu haben. Vielleicht durften noch viel mehr

Menschen dieses zauberhafte Tier beobachten, aber sie haben das Geheimnis einfach für sich behalten.
Wenn du jemals das Glück haben solltest, ein Einhorn zu sehen, dann behalte dieses süße Geheimnis am besten für dich. Die Welt ist voll von Leuten, die den magischen Geschöpfen nie begegnen werden – und diejenigen auslachen, die ein Einhorn beobachten oder treffen durften.

Einhorn-Babys

Wenn es schon schwierig ist, ein Einhorn zu erspähen, so es ist noch viel schwieriger, ein Einhorn-Baby zu entdecken. Einhorn-Fohlen werden so lange im Verborgenen gehalten, bis sie alt und klug genug sind, um auf sich selbst aufzupassen. Am Tag tollen sie fröhlich in den tiefsten Winkeln der dunkelsten

Wälder herum, während ihre Mütter nach Futter suchen. Bei Nacht schlummern sie, versteckt und geschützt unter Decken aus Moos und Farn.
Einhorn-Babys müssen nicht lernen, magisch zu sein – sie sind es einfach. Wenige Minuten nach ihrer Geburt können sie schon rennen, hüpfen und hoch in die Lüfte springen. Binnen einer Stunde können sie sogar schon mit ihrer Einhorn-Mutter sprechen, allein durch die Kraft ihrer Gedanken. Und wenn sie eine Woche alt sind, können sie Waldnebel herbeirufen und winzige Beeren durch einen einzigen verzaubernden Blick reif werden lassen.

Die Sprache der Einhörner

Einhörner sind außerordentlich leise Tiere. Sie können wiehern und schnauben, ganz ähnlich wie Pferde, aber meistens ziehen sie es vor zu schweigen. Ein Einhorn wird nur dann einen Laut von sich geben, wenn es sich in großer Gefahr befindet. Signale und Gefühle werden durch ihre Gedanken ausgesendet und von allen Einhörnern in einem Umkreis von fünfzig Kilometern empfangen. Da es den Feinden unmöglich ist, diese stillen Signale zu lesen, bleibt die geheime Welt der Einhörner verborgen und geschützt.

Schnell wie der Wind

Einhörner gehören zu den leichtfüßigsten Geschöpfen der Erde. Sie sind schneller als die flinkesten Rennpferde. Diese Geschwindigkeit verdanken sie ihren verzauberten Hufen. Die enthalten so viel Zauberkraft, dass ein Einhorn in null Komma nichts zum Mond und wieder zurück fliegen kann. Manche Menschen glauben, dass Einhörner gefiederte Flügel haben – du findest vielleicht solche Bilder in einigen Märchenbüchern. Andere denken, dass Einhörner keine Flügel brauchen. In ihren Augen haben sie auch ohne Flügel mehr als genug Zauber in sich, um schnell wie der Wind um die Welt zu fliegen oder zu galoppieren.

Wusstest du …

… dass das Blut von Einhörnern nicht rot ist wie das der Menschen? Stattdessen fließt angeblich pures, flüssiges Silber durch ihre Adern.

… dass Einhorn-Babys ohne ein Horn geboren werden? Man sagt, Mutter und Fohlen bleiben so lange zusammen, bis das Horn fertig gewachsen ist, was viele Jahre dauern kann.

3
Das Horn des Einhorns

Der mächtige König schnappte vor Verzückung nach Luft, als der Händler seine Waren auspackte. Er traute seinen Augen nicht. Seine Höflinge hatten schon überall vergeblich danach gesucht. Konnte es tatsächlich das lang ersehnte Horn eines Einhorns sein, das dort vor ihm lag? Er drehte das kostbare Stück in seinen Händen. „Ich muss es haben, was auch immer der Preis sein mag …", wisperte er.

Das Einhorn ist bekannt für sein glänzendes, weißes Fell, seine wallende Mähne und seinen fließenden Schweif. Aber erst das lange, silbrige Horn macht dieses Wesen zu etwas ganz Besonderem. Ohne es könnte man das Einhorn mit einem Pferd verwechseln – das zwar auch wunderschön, aber nicht magisch wäre.

Die Macht des Horns

Es gibt kein anderes Geschöpf, das ein Horn hat wie das Einhorn. Stolz ragt es von seiner Stirn empor und ist vom Ansatz bis zur Spitze mit perfekten spiralförmigen Furchen verziert. Bei Dunkelheit leuchtet es. Bei Tageslicht glänzt und schimmert es.
Aber das ist noch nicht alles.
Das Horn eines Einhorns dient nicht nur der Zierde. Es ist angefüllt mit Zauberkraft!
So heißt es, dass vergiftetes Wasser wieder rein wird, wenn ein Einhorn sein

Horn hineintaucht. Eine Berührung durch das Horn soll Kranke kurieren und Verletzte heilen können.

Man sagt, dass die Menschen früher die vielfältigen Heilkräfte des Einhorns zu nutzen wussten. Sie jagten die edlen Tiere und benutzten ihre Hörner, um Krankheiten wie Fieber, Pest, Bauchschmerzen, Epilepsie und Tollwut zu heilen. Vor allem Könige und andere reiche Menschen setzten alles daran, ein solches Horn zu bekommen, denn davon versprachen sie sich Gesundheit und ein langes Leben.

Das Geheimnis des Horns

Legenden zufolge liegt im Ansatz des Horns eines Einhorns ein funkelndes Geheimnis: ein tiefroter Rubin. Wie das Horn hat auch dieses herrliche Juwel viele magische Kräfte.

Es kann Traurigkeit in Luft auflösen und Bosheit im Handumdrehen verschwinden lassen. Außerdem kann es Gift unschädlich machen.

Das Juwel des Einhorns hat schon viele Namen bekommen: mystischer Rubin, Hornstein und Karfunkel.

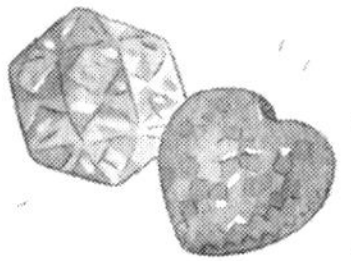

Nur einige wenige, besondere Einhörner besitzen so ein Juwel. Man sagt, dies seien die ältesten und weisesten Einhörner von allen …

Echt oder gefälscht?

Vor hunderten von Jahren war das Horn des Einhorns mehr wert als sein Gewicht in Gold. Man wusste um die zauberhaften Kräfte dieses Horns und versprach sich sehr viel davon. Jeder wollte eines besitzen, aber nur die Reichsten konnten es sich leisten, da die Hörner natürlich sehr selten und schwer zu finden waren. Händler reisten durch die Welt und verkauften die Hörner jenen, die verzweifelt genug waren, einen sehr hohen Preis dafür zu bezahlen. Schließlich sagte man, dass das Horn eines Einhorns demjenigen, der es besaß, ein langes und gesundes Leben garantierte.

Aber fast alle diese Hörner waren Fälschungen. Meistens waren die angepriesenen Hörner die Stoßzähne von Mammuts, die Hörner von Ziegen oder wurden gar aus Hundeknochen hergestellt. Als die Nachfrage besonders stieg, bediente man sich der Stoßzähne der Narwale. Diese Wale leben in der Nähe des Nordpols. Einer der vorderen Zähne des Narwals entwickelt sich zu einem langen Stoßzahn, den eifrige Käufer nur zu gern für das Horn eines Einhorns hielten.

So genannte „Einhorn-Experten“ behaupteten bald, mit bestimmten Tests nachweisen zu können, ob ein Horn tatsächlich von einem Einhorn stammte oder aber eine Fälschung war. Ob diese Tests tatsächlich funktionieren, weiß niemand so genau. Solltest du je in den Besitz eines Einhorn-Horns gelangen, dann kannst du es ja einmal ausprobieren …

Horntest A

1. Zeichne mit dem Horn einen Kreis auf den Boden (das funktioniert am besten auf Sandboden).

2. Warte, bis eine Spinne des Weges kommt.
3. Wenn das Horn wirklich von einem Einhorn stammt, wird die Spinne den Kreis nicht überschreiten können.
4. Wenn das Horn gefälscht ist, kann die Spinne problemlos innerhalb des Kreises rennen, springen oder tanzen.

Horntest B

1. Fülle eine große Schale mit kaltem Wasser.
2. Lege das Horn ins Wasser und beobachte genau, was passiert.
3. Wenn das Wasser zu sprudeln beginnt, aber kalt bleibt, ist das Horn echt.
4. Wenn das Wasser sprudelt und warm wird, ist das Horn eine Fälschung.
5. Wenn überhaupt nichts passiert, ist das Horn natürlich auch falsch.

Wusstest du …

… dass das Horn eines Einhorns angeblich feucht wird, wenn es in die Nähe von vergiftetem Essen gelegt wird?

… dass nicht nur dem Horn des Einhorns magische und heilende Fähigkeiten zugesprochen werden? Auch das Horn des Nashorns soll Heilkräfte besitzen. Aus diesem Grund wurden schon viele Nashörner getötet. Tierschutzorganisationen setzen sich dafür ein, dass Nashörner nicht mehr wegen ihres Horns gejagt werden dürfen.

… dass viele Apotheken aufgrund der heilenden Kraft, die man dem Horn der Einhörner zuspricht, ein Einhorn im Namen oder auf ihrem Firmenlogo haben? Du wirst immer wieder auf „Einhorn-Apotheken“ stoßen!

4
Das Zähmen eines Einhorns

Das strahlende Einhorn galoppierte durch die pfadlosen Wälder. Es eilte schnell wie der Wind durch das Dickicht, wich den großen Bäumen aus und sprang über Äste, die auf der Erde lagen. Nichts konnte es aufhalten, es war einfach unbezähmbar. Dann plötzlich geschah das Unfassbare: Das Einhorn hielt an. Denn dort vor ihm saß ein junges Mädchen in einem schneeweißen Kleid unter einem Baum. Freundlich winkte das Mädchen dem Tier zu. Das Einhorn ging zögernd auf es zu und legte seinen schönen Kopf friedlich in seinen Schoß.

Einhörner rennen schneller als jedes Pferd und sind wilder als jeder Tiger. Man sagt, auf der ganzen Welt könne sie nur ein Mädchen mit einer reinen Seele aufhalten. Dieses Mädchen alleine habe die Macht, das wilde Wesen zu beruhigen und zu besänftigen. Das liegt vielleicht daran, dass beide ehrlich, wahrhaftig und sehr, sehr gut sind. Vielleicht bist du ein solches Mädchen, das ein Einhorn zähmen kann …?

Wie man ein Einhorn zähmt

Obwohl man Einhörner schon viele, viele Jahre nicht mehr gesehen hat, sind sie vielleicht irgendwo dort draußen in den Wäldern. Und wer weiß, vielleicht kannst du eines Tages eines anlocken und zähmen? Versuchen kannst du es mit den folgenden Schritten:

1. Trage ein strahlend weißes Kleid. Es sollte so sauber sein, dass es nach Waschmittel riecht, und so weiß, dass es dich im Tageslicht blendet.
2. Bastele ein paar goldene Zügel aus gelber oder goldener Wolle, um das Einhorn festzuhalten.
3. Finde einen jungen, gesunden Baum mit leuchtend grünen Blättern. Gibt es so einen in eurem Garten? Wenn nicht, dann genügt auch eine andere schöne grüne Pflanze in der Wohnung oder auf dem Balkon.

4. Setze dich neben den Baum oder die Pflanze und lege die Hände in deinen Schoß. Du könntest jetzt zum Beispiel ein selbst geschriebenes Einhorn-Gedicht aufsagen. Schließe nun deine Augen und wünsche dir ganz fest, ein Einhorn zu sehen.
5. Wenn wirklich ein Einhorn auftaucht, dann warte, bis es seinen Kopf in deinen Schoß bettet. Lege vorsichtig die Zügel um seinen schlanken, weißen Hals. Das Einhorn wird dir nun erlauben, seine seidige Mähne zu streicheln.

6. Denk daran, das Einhorn nicht zu lange festzuhalten. Es handelt sich hier um ein Geschöpf, das seine Freiheit sehr liebt.
7. Wenn kein Einhorn auftaucht, dann hast du wenigstens ein paar Minuten lang an ein wunderschönes Einhorn gedacht und dich mit ihm verbunden gefühlt. Und das ist doch auch schon etwas, nicht wahr?

Wusstest du …

… dass du in klaren Winternächten ein leuchtendes Einhorn am Himmel sehen kannst? Um das Sternen-Einhorn zu finden, musst du östlich des Orion – dies ist eine der hellsten Sternenkonstellationen im Nachthimmel – suchen. Dieses ganz besondere Sternenbild wurde im 17. Jahrhundert von dem deutschen Astronomen und Mathematiker Jakob Bartsch entdeckt und benannt.

… dass Einhörner angeblich ein sehr langes Leben haben – viel länger als das von Menschen? Niemand weiß genau, wie alt das älteste Einhorn ist, aber es könnte hunderte von Jahren alt sein … oder sogar noch älter!

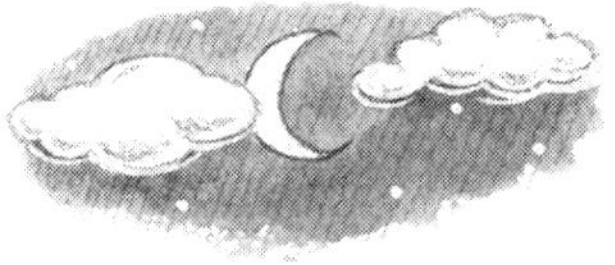

5
Der Löwe und das Einhorn

Das Einhorn hob seinen Kopf und sah unter seinen schneeweißen Wimpern hervor. Witternd hielt es den Kopf in die Luft. Ein Feind näherte sich, das spürte es ganz genau. Doch es handelte sich nicht um Männer, die mit Schwert und Pfeilen bewaffnet waren. Es war auch keine Herde wild trampelnder Bullen, sondern etwas, das viel gefährlicher war. So gefährlich, dass es die zerbrechliche Welt der Einhörner bedrohen und zerstören konnte. Langsam kam ein Löwe hinter einem Busch hervor. Die Augen der beiden Tiere trafen sich. Gleich würde der Kampf beginnen. Das wussten sie ganz genau.

Der Überlieferung nach ist der Löwe der größte Feind des Einhorns. Aber warum sollten zwei so herrliche Tiere sich gegenseitig bekämpfen? Weil der Löwe neidisch ist auf die Zauberkräfte des Einhorns? Weil das Einhorn gerne alleiniger König des Dschungels wäre? Nein. Die Feindschaft zwischen Einhorn und Löwe hängt mit dem Wechsel der Jahreszeiten zusammen …

Der Kampf der Jahreszeiten

Vor langer, langer Zeit, im Königreich von Babylon, repräsentierten verschiedene Tiere die unterschiedlichen Jahreszeiten. Das Einhorn stand für den Frühling – es war rein, magisch und weckte die Welt nach dem kalten, dunklen Winter sanft auf. Der Löwe repräsentierte den Sommer – strahlend, golden und voller Lebenskraft.

Die Babylonier glaubten, dass jedes Jahr ein großer Kampf zwischen Einhorn und Löwe stattfand. Das Einhorn liebte den Frühling und wollte nicht, dass dieser zu Ende ging. Aber Jahr für Jahr kämpfte der Löwe für den Sommer. Und bis heute gewinnt der Löwe den Kampf in jedem Jahr aufs Neue, und auf den Frühling folgt der Sommer.

Erbitterte Feinde

Die Legende besagt, dass der Löwe einen schlauen, aber gemeinen Trick hatte, ein Einhorn zu fangen. Er wartete geduldig vor einem grünen Baum auf einer sonnigen Lichtung. Wenn ein Einhorn in die Nähe kam, machte der Löwe sich über das schöne Tier lustig, lachte es aus und schnitt ihm Grimassen. Das Einhorn wurde so ärgerlich, dass es auf den Löwen zugerannt kam und ihn wütend angriff. Im letzten Moment trat der Löwe zur Seite. Das arme Einhorn bohrte sein Horn tief in den Baum und war dann dem Löwen hilflos ausgeliefert …

Das königliche Einhorn

Im 14. Jahrhundert wurde dem Einhorn eine besondere Ehre durch einen schottischen König zuteil. Robert III. entschied, dass dieses herrliche Tier das perfekte Symbol für sein Land war. Es war rein und stark und wahrhaftig – genau wie Schottland. Also wurde das Einhorn ein Teil des offiziellen Wappens des Landes. Unterdessen zierte ein grimmiger Löwe das englische Wappen. Zweihundert Jahre später wurden Löwe und

Einhorn vereint. Der König von Schottland wurde gleichzeitig König von England. Also entwarf er ein völlig neues Wappen, auf dem beide Tiere, also auch beide Länder, vertreten waren. Löwe und Einhorn wurden also auf dem Wappen vereint – Freunde wurden sie dadurch jedoch nicht …

Wusstest du …

… dass ein Einhorn auch in dem Märchen „Das tapfere Schneiderlein" der Gebrüder Grimm vorkommt? Allerdings wird es hier als böse dargestellt und durch eine List gefangen, als es in blinder Wut auf den Schneider zurennt und sein Horn in einen Baum rammt.

6
Das letzte Einhorn?

Plitsch! Platsch! Plitsch-platsch, plitsch-platsch! Es war, als ob der Regen niemals aufhören würde. Die Pfützen wurden größer und größer, bis sie ganze Felder bedeckten. Flüsse traten über die Ufer und ihr Wasser strömte durch Städte und Dörfer. Aber es regnete immer weiter. Bald schauten nur noch die höchsten Punkte aus dem Wasser und verzweifelt kletterten Menschen und Tiere auf Berge und Anhöhen. Was würde aus ihnen werden?

Schon lange ist kein Einhorn mehr gesehen worden. Einige Menschen glauben, dass sich die Einhörner im Moment nur verstecken und dass sie eines Tages wieder erscheinen werden, um ihren Zauber auf der Welt zu verteilen. Andere Menschen sind jedoch der Meinung, dass das allerletzte Einhorn schon vor Jahrhunderten verschwunden ist. Vielleicht sind die Einhörner ja einfach nicht rechtzeitig zur Arche Noah gekommen?

Die Arche Noah

Die Bibel erzählt, dass die Erde einst ein fürchterlicher Ort war. Sie war voll von Bosheit, Verbrechen und Gewalt. Gott hatte irgendwann genug davon, dass die Welt so schlecht war, und er entschied, die Menschen zu bestrafen, indem er die Erde mit Wasser überflutete. Aber Gott beschloss auch, Noah zu verschonen – es musste schließlich jemand übrig sein, wenn die

Wasser wieder zurückweichen würden. Er beauftragte Noah, eine bestimmte Art Schiff, die man Arche nennt, zu bauen. Die Arche sollte groß genug sein für Noahs Familie und zwei Vertreter von jeder Tierart in der Welt.

Als es zu regnen begann, hießen Noah und seine Familie die Tiere – die immer paarweise kamen – auf der Arche willkommen. Zwei Löwen, zwei Tiger und zwei Elefanten stiegen an Bord. Es gab zwei Affen, zwei

Bären, zwei Hühner und zwei Hunde. Die Arche füllte sich mehr und mehr, und bald gab es kaum noch Platz. Aber die Einhörner waren nicht dabei. Dann stieg das Wasser, und es wurde Zeit für Noah und seine Arche loszufahren. Nach dieser Theorie kamen die Einhörner also zu spät.
Was war passiert? Waren die Einhörner zu beschäftigt damit, zu spielen, um auf Noah zu hören? Starben sie alle in den Fluten? Oder fanden sie einen sicheren Ort außer Reichweite des Wassers, an dem sie sich verstecken konnten? Das werden wir wohl nie mit Sicherheit wissen.

Wusstest du …

… dass Einhörner galoppieren, springen und durch die Lüfte fliegen, aber angeblich nicht schwimmen können?

… dass Einhörner die meisten ihrer Reisen bei Mondlicht unternehmen, wenn alle Menschen schlafen? So besteht weniger Gefahr für die Einhörner, gesehen zu werden.

7

Fernöstliche Legenden

Mit einem Seufzer der Erleichterung sank das Mädchen unter dem Kirschbaum auf die Erde. Zunächst sah sie zu den Huozhou-Bergen, dann blickte sie durch die blütenbeladenen Zweige des Baumes. Was für ein schöner Tag! Vorsichtig packte sie ihr kostbarstes Buch aus. Sofort öffnete es sich auf genau jener Seite, die sie schon so oft bewundert hatte. Sie fuhr mit ihrem Finger über die zarte chinesische Kalligrafie, bettete das Buch in ihren Schoß und begann zu lesen …

Auf der ganzen Welt füllen Einhörner die Seiten in Geschichtenbüchern und tauchen

in vielen Märchen auf. Stets stolz und unerschrocken treten sie ihren Feinden entgegen und verbreiten Zauber und Glück, wo immer sie erscheinen.
Die allerersten Einhorn-Erzählungen sind hunderte und aberhunderte von Jahren alt und stammen aus China. Sie erzählen die Geschichten von Menschen, die, so behaupten sie zumindest, das Glück hatten, realen, lebensechten Einhörnern zu begegnen.

Das Geschenk der Schrift

Der chinesische Kaiser Fu Hsi lebte vor beinahe 5000 Jahren. Er war ein guter Herrscher und bekannt für die Erfindungen von Musikinstrumenten.
Eines schönen Tages ruhte sich Fu Hsi am Ufer des Huang He aus, einem der längsten Flüsse Chinas. Auf einmal begann seine

Haut zu kribbeln und er wusste, dass er beobachtet wurde. Fu Hsi blickte auf und sah ein kleines, anmutiges Tier, etwa von der Größe eines Fohlens, das im trüben Wasser stand. Er hatte jedoch noch nie ein Fohlen gesehen, das ein derart schimmerndes Fell besaß. Außerdem wuchs auf der Stirn dieses Wesens ein Horn aus purem Silber. Dann bemerkte der Kaiser, dass das Wasser um die Beine des Tieres nicht mehr länger trübe war, sondern klar und glitzernd.

Fu Hsi war erstaunt und ganz verzaubert. Was war das für ein merkwürdiges Geschöpf? Er erhob sich, doch das Tier entfernte sich blitzschnell. Dabei entdeckte der Kaiser sonderbare Symbole auf dem herrlichen Fell. Er kratzte sich am Kopf, dachte einen Moment nach und zeichnete die Symbole dann in die Erde. Der Legende nach waren dies die ersten geschriebenen Zeichen der chinesischen Sprache.

Die Zukunft voraussagen

Einhörner verzaubern nicht nur jeden, der sie sieht. Man sagt, dass ihr plötzliches Erscheinen ein wichtiges Ereignis in der nächsten Zeit voraussagt. Konfuzius war einer der größten Lehrer und Denker Chinas um 500 v. Chr. Vor seiner Geburt soll ein Einhorn seine Mutter besucht haben. Das

Wesen legte ein Stück Jade sanft in ihre Hand. In den kostbaren Stein war eine Nachricht eingeritzt, die besagte, dass der Sohn der jungen Frau ein wichtiger Mann werden würde. Die Nachricht des Einhorns bewahrheitete sich.
Viele Jahre später sah Konfuzius selbst ein Einhorn. Aber diesmal sagte das zauberhafte Geschöpf seinen Tod voraus … und behielt wieder Recht.

Wusstest du …

… dass schon lange kein Einhorn mehr gesehen wurde? Viele Menschen glauben, dass sich das friedliebende Einhorn tief in den dunkelsten Wäldern versteckt und wartet, bis es in der Welt weder Krieg noch Elend gibt. Dann wird es wieder auftauchen.

… dass die Hufe eines Einhorns kein Geräusch machen, wenn sie den Boden berühren? Das liegt wohl daran, dass Einhörner sehr vorsichtig auftreten, um mit ihren Hufen nichts zu beschädigen oder zu verletzen.

… dass das Einhorn in China „K'i-Lin" genannt wird? In England heißt es „unicorn", in Frankreich „licorne" und in Italien „unicorno". Polnische Einhörner werden übrigens „jednoroz˙ec" genannt.

8

Berühmte Einhorn-Seher

Julius Caesar lehnte sich in seinem Sattel nach vorne und spähte in den Wald. Er war mitten in einer wichtigen Eroberung. Tausende von Männern warteten auf seinen Befehl. Aber hier, im Herzynischen Wald, hatte Julius Cäsar etwas gesehen, das seine Haut vor Aufregung kribbeln ließ – etwas, das ihn Krieg und Blut vollkommen vergessen ließ. Ein bezauberndes Geschöpf stand dort halb versteckt von Blättern – ein Geschöpf mit einem langen, eleganten Horn.

Im Laufe der Jahrhunderte haben viele große Führer und Monarchen das mythische

Wesen erblickt und der Welt davon berichtet. Julius Caesar erwähnt das Einhorn in seinem berühmten Bericht „Der Gallische Krieg". Er beschrieb das Tier, das er sah, als eine Art Hirsch, auf dessen Stirn in der Mitte zwischen den Ohren ein einziges Horn wuchs. Aber es gab noch mehr berühmte Einhornseher …

Der Schrecken erregende Krieger

Dschingis Khan, der große mongolische Führer des 12. Jahrhunderts, war wild, furchtlos und von allen gefürchtet, die ihn kannten. Er und seine Armeen kämpften sich quer durch Asien, eroberten unzählige Länder und töteten tausende von Menschen. Nichts konnte Dschingis Khan aufhalten – bis er versuchte, in Indien einzudringen. Der Legende nach passierten er und seine Soldaten gerade einen steilen Gebirgspass, als sie eine ungewöhnliche Vision hatten. Ein bildschönes Einhorn galoppierte flink auf den Schrecken erregenden Krieger zu und hielt vor ihm inne. Das Einhorn beugte sein Knie einmal, zweimal, dreimal, als Zeichen seines Respekts. Daraufhin war der furchtlose Kämpfer und Eroberer Dschingis Khan so bewegt, dass er sich entschloss, doch nicht in Indien einzudringen – das friedliebende Einhorn hatte ihn davon abgehalten.

Der große König

Alexander der Große ist als großer König bekannt, der nur ein sehr kurzes Leben hatte. Er lebte von 356 bis 323 v. Chr.
Wenn man den Erzählungen glauben darf, dann hat er einst eine große Leistung vollbracht: Er soll ein Einhorn gezähmt haben.
Schon sein berühmter Lehrer Aristoteles hatte dem jungen Alexander von der Existenz der Einhörner erzählt.
Als ein wildes Tier mit einem einzelnen Horn gefangen und dem Vater von Alexander dem Großen gegeben wurde, wusste niemand

am Hof, was mit dem seltsamen Wesen geschehen sollte. Einige Aufzeichnungen besagen, dass es ein Pferd war, andere glauben, dass es sich um ein Einhorn handelte. Das Tier schnappte mit messerscharfen Zähnen nach jedem, der in seine Nähe kam. Und jeder, der den Versuch unternahm, auf den Rücken des Einhorns zu steigen, wurde in hohem Bogen abgeworfen.
Jeder, außer dem vierzehnjährigen Alexander. Er zähmte das Tier, gab ihm den Namen Bukephalos und wurde fortan von ihm treu begleitet.

Der griechische Philosoph

Der eben schon erwähnte griechische Denker und Wissenschaftler der Antike, Aristoteles, war sich sicher, dass Einhörner tatsächlich existierten. Nachdem er viele Aussagen von Forschern und Reisenden studiert hatte, entschied er, dass Einhörner stabile Hufe wie Pferde haben mussten. Allerdings hatte er selbst noch kein Einhorn zu Gesicht bekommen. An die Zauberkräfte, die dem Horn des Tieres zugesprochen wurden, glaubte Aristoteles jedoch nicht.

Wusstest du …

… dass das Einhorn von Alexander dem Großen vielleicht auch eine Oryxantilope gewesen sein kann? Es handelt sich dabei um eine große Antilope mit zwei Hörnern. Wenn sie seitlich steht, sieht es so aus, als habe die Antilope nur ein einzelnes Horn.

… dass Marco Polo, ein berühmter Forscher des 13. Jahrhunderts aus Venedig, ebenfalls davon überzeugt war, ein Einhorn

gesehen zu haben? Er beschrieb ein Tier, das beinahe so groß war wie ein Elefant, mit Haaren wie ein Büffel und einem dicken, schwarzen Horn in der Mitte seiner Stirn. In Wirklichkeit kann dieses Wesen jedoch ein Sumatra-Nashorn gewesen sein.

9
Tief im Wald …

Die eifrige Forscherin hievte ihren randvollen Rucksack wieder auf den Rücken. Sie kam ihrem Ziel näher – sie konnte es fühlen. Je mehr sie sich von der Zivilisation entfernte, desto näher kam sie den Geheimnissen des Waldes. Vielleicht würde sie Tiere sehen, die noch niemand je zuvor gesehen hatte. Oder sie würde Beweise für die Existenz einer Tierart sammeln können, die jeder für ausgestorben hielt. Sie umklammerte fest ihre Kamera und schritt weiter voran.

Obwohl die Welt vom Nordpol bis zum Südpol und von Ost nach West erforscht wurde, werden immer noch neue Tierarten entdeckt. Und wenn uns diese Wesen für Jahre verborgen geblieben sind, dann versteckt sich das mysteriöse Einhorn vielleicht ebenfalls. Es könnte in der Mitte eines

Waldes umherstreifen oder in einem entlegenen Gebirgstal Schutz suchen und nur darauf warten, entdeckt zu werden …

Ein unbekanntes Reh

1992 wurde im Vu Quang-Waldschutzgebiet in Vietnam eine vollkommen neue Tierart entdeckt. Es handelte sich dabei nicht um eine neue kleine Kröte oder einen winzigen Tausendfüßler. Das neue Tier war

ein Reh! Und dieses Reh hatte ganz besondere Hörner – lang, gerade und sehr ähnlich dem Horn des magischen Einhorns. Tierexperten waren verblüfft. Wie konnte etwas so Großes wie ein Reh so lange unentdeckt geblieben sein?
Aber das war noch nicht alles. Als Forscher tiefer in die Wälder von Vietnam vorstießen, fanden sie noch eine andere völlig unbekannte Rehart. Diese war so groß wie ein großer, zotteliger Hund – und hatte zwei kurze, dicke Hörner.
Beide Reharten sind sehr selten. Es wurden Pläne zu ihrem Schutz gemacht, um sicherzustellen, dass diese neuen Reharten nicht womöglich genauso verschwinden wie das Einhorn. Die Namen dieser Tiere sind auch ganz besonders. Sie heißen „Pseudoryx nghetinhensis“ und „Megamuntiacus vuquangensis“. Versuche einmal, das auszu-

sprechen. Das ist gar nicht so einfach. Auf Deutsch heißen sie „Vietnamesisches Waldrind" und „Riesenmuntjak".

Der Einhorn-Tanz

In Vietnam werden zu Beginn des neuen Mondjahres im Süden des Landes spezielle Einhorn-Tänze aufgeführt. Hier gilt das Einhorn als Symbol für Frieden, Glück und Wohlstand. Ein prunkvolles Modell eines Einhorns wird von springenden, sich drehenden Tänzern durch jede Stadt getragen – gefolgt von einem bunten, strahlenden Festzug.
Dieses Einhorn bekommt viele Geschenke von den Menschen. Sie spenden Geld, um sicherzugehen, dass das kommende Jahr Glück und Wohlstand bringt. Um das Ganze noch etwas spannender zu machen, werden

die Geschenke für das Einhorn in die oberen Stockwerke von Wohnhäusern und Geschäften gehängt. Die Tänzer müssen sich gegenseitig auf die Schultern klettern, um alle Spenden zu erreichen.

Wusstest du …

… dass ein „Shadhahvar" angeblich ein übellauniges Einhorn ist, das aus dem Iran stammt? Es soll ein hohles Horn haben, das einer Flöte gleicht und das eine eindringliche Melodie spielt, wenn der Wind durch es

hindurchbläst. Das „Shadhahvar" lockt seine Beute mit diesem klangvollen Horn an. Allerdings ist dieses Tier genauso schwierig zu finden wie die anderen Einhörner – und niemand ist sich mehr sicher, ob es wirklich existiert oder nicht.

10
Einhorn-Zauber überall

Wenn du Einhörner liebst und davon träumst, Abenteuer mit ihnen zu erleben, dann kannst du dir mit ganz einfachen Mitteln ein paar zauberhafte Dinge basteln, die dich immer begleiten. So wirst du stets an Einhörner erinnert und vielleicht auch ein bisschen von ihnen verzaubert …

Bei allen Basteleien kannst du dir Hilfe von großen Geschwistern und Erwachsenen holen, die dir bestimmt gerne dabei helfen, deine kleinen Einhorn-Geheimnisse zu verwirklichen.

Das zauberhafte Einhorn-Traumland

Hole dir mit einem magischen Mobile die geheimnisvolle Welt der Einhörner in dein Zimmer. Das brauchst du dazu:

- Zwei Kleiderbügel aus Draht
- Bunten Bastelkarton
- Ein bisschen Glitterpulver, Lametta oder einen Glitzerstift
- Eine Glasperle oder einen Glasstern mit einem Loch in der Mitte
- Einen kleinen Haken, der in die Wand oder die Decke geschraubt werden kann
- Einen dünnen silbernen oder durchsichtigen Faden
- Schere, Klebstoff und Tesafilm

Und so baust du dir dein Einhorn-Traumland:

1. Kopiere das Bild auf der nächsten Seite. Am besten vergrößerst du es etwas, damit das Mobile nicht zu klein wird. Schneide das kopierte Einhorn, den Stern und die Wolke aus und lege sie auf den Bastelkarton. Jetzt kannst du die Umrisse auf den Karton zeichnen und sie anschließend ausschneiden. Am besten schneidest du zwei bis drei Einhörner und so viele Wolken und Sterne aus, wie es dir gefällt.
2. Lass deiner Fantasie freien Lauf! Dekoriere die ausgeschnittenen Einhörner und Sterne mit Glitterpulver, Glitzerstift, Aufklebern und allem, was du zum Verzieren so findest.
3. Nun nimmst du beide Kleiderbügel in die Hand und schiebst sie so ineinander, dass

eine Art Kreuz entsteht (siehe Abbildung nächste Seite). Vielleicht kann dir jemand dabei helfen. Nun wickele Klebeband um die Haken und anschließend auch um die Stelle, wo sich die Bügel unten kreuzen. Wenn du möchtest, kannst du Lametta oder Krepppapier um den Bügeldraht wickeln, damit er nicht so nackt aussieht.

4. Pikse vorsichtig in die Rücken der Einhörner und in die Wolken und Sterne jeweils oben ein kleines Loch und ziehe den Bindfaden durch. Bitte einen Erwachsenen um Hilfe, wenn du mit der Schere noch nicht so sicher bist. An der einen Seite machst du einen kleinen Knoten, damit der Faden an dem Loch hält. Das andere Ende des Fadens bindest du an verschiedenen Stellen des Kleiderbügelkreuzes fest. Schau dir einmal die Zeichnung auf der nächsten Seite an.

5. Nun kannst du dir überlegen, wo du das

magische Einhorn-Land aufhängen möchtest. Suche dir einen besonders schönen Platz in deinem Zimmer aus. Vielleicht hast du irgendwo an deiner Decke schon einen Haken, an den du das Mobile hängen kannst? Sonst kannst du gemeinsam mit deinen Eltern ein Loch bohren, einen Haken hineinstecken und daran das Mobile aufhängen.

6. Wenn du einen schönen Glasstein, einen Glasstern oder eine -perle mit einem Loch hast, dann kannst du dieses Schmuckelement in die Mitte des Mobiles hängen.

Das sieht dann ganz besonders zauberhaft aus. Wann immer die Sonne in dein Zimmer scheint, werden auf den Wänden und der Decke lustige Kreise und Sternchen tanzen!

7. Wenn du in deinem Zimmer bist und dein kleines Einhorn-Traumland anschaust, dann kannst du ganz bestimmt wunderbar von Einhörnern träumen. Und wenn du die Augen fest schließt, dann nehmen dich die Einhörner vielleicht mit auf eine zauberhafte Reise in ihre wunderbare Welt.

Der magische Einhorn-Stift

Wenn du magische Einhorn-Geschichten oder -Gedichte schreiben möchtest, dann geht das am besten mit einem Stift, der die Form eines Einhorn-Horns hat. So einen Stift kannst du dir ganz leicht selbst basteln. Das brauchst du dazu:

- Weißen Bastelkarton
- Unterschiedlich große Teller und Schüsseln
- Einen Bleistift
- Eine Schere
- Filzstifte oder Malfarben
- Tesafilm
- Knetmasse
- Einen einfachen Kugelschreiber

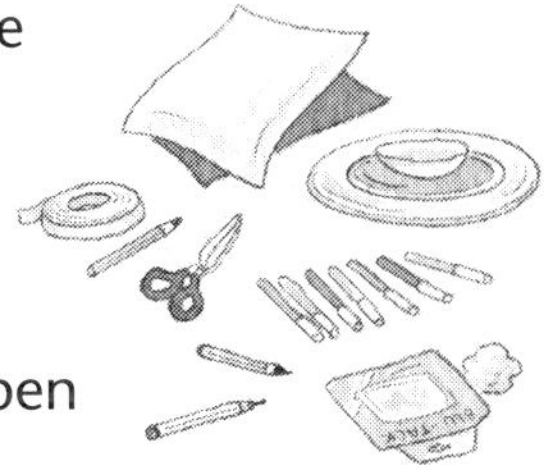

Und so baust du dir deinen Einhorn-Stift:

1. Lege den größten Teller falsch herum auf den Bastelkarton und fahre seinen Rand mit einem Bleistift nach.
2. Zeichne mithilfe der anderen Teller und Schüssel immer kleinere Kreise in diesen großen Kreis hinein.
3. Male jeden Kreis mit Filzstiften oder

Malfarben vorsichtig aus. Du könntest die Farben des Regenbogens – Rot, Orange, Gelb, Grün, Blau und Lila – oder einfach deine Lieblingsfarben wählen.

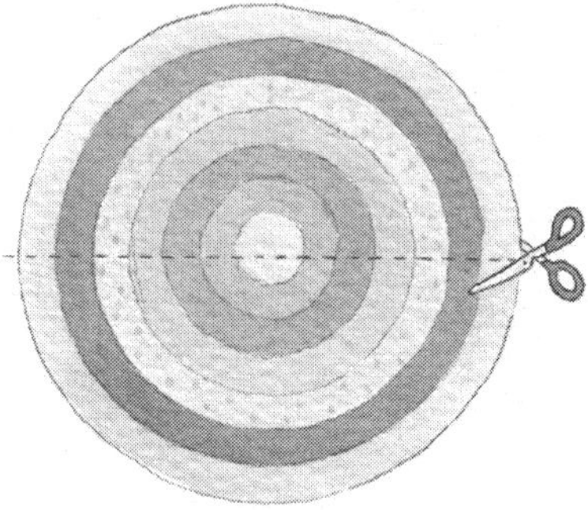

4. Schneide den großen Kreis aus und schneide ihn dann in zwei gleich große Hälften. Nimm eine Hälfte und rolle

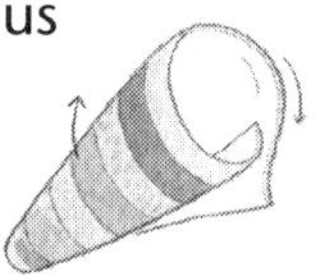

sie auf, bis sie die Form einer Eistüte hat. Am Boden dieses Trichters muss ein kleines Loch bleiben. Klebe die aufeinander treffenden Papierseiten aneinander.

5. Nimm ein kleines Stück Knetmasse und drücke es rund um das Ende deines Stiftes, nahe der Spitze.

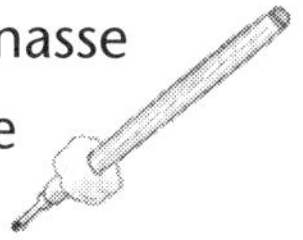

6. Fast geschafft! Jetzt musst du nur noch deinen Stift in den Trichter schieben, bis die Spitze aus dem kleinen Loch herausschaut. Die Knetmasse verhindert, dass der Stift ganz hindurchrutscht.

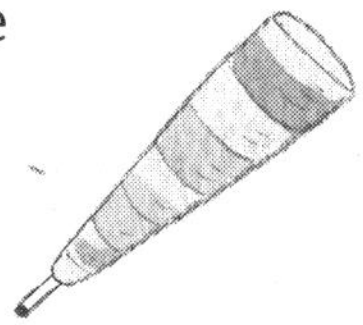

Kleiner Tipp

Mit der anderen Hälfte des angemalten Kreises könntest du einen Stift für deine beste Freundin basteln. Dann könnt ihr euch gegenseitig zauberhafte Briefe schreiben …

Die geheimnisvolle Einhorn-Kette

Das Geheimnis des Horns eines Einhorns befindet sich an seinem Ursprung – dort ist ein wunderschöner roter Rubin versteckt (siehe Seite 23). Um dir selbst ein wenig die Kraft dieses zauberhaften Steins zu verleihen, kannst du dir diese Kette basteln. Sie hat ihr ganz eigenes Geheimnis. Das brauchst du dazu:

- Eine alte Kette oder ein Stück feste silberne Wolle
- Rotes Transparent- oder Bonbonpapier
- Ein kleines Stück Bastelkarton
- Ein Bonbon oder eine andere kleine, eingepackte Süßigkeit (am besten keine Schokolade – die schmilzt!)

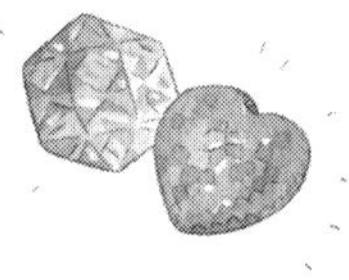

- Klebstoff
- Alufolie
- Eine Schere

Und so baust du dir deine Einhornkette:

1. Zunächst machst du die Fassung für deinen Kettenanhänger. Schneide ein Achteck aus Pappe aus, das ein bisschen größer ist als deine Süßigkeit.

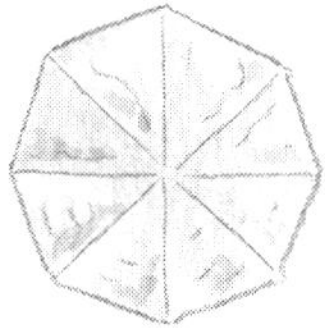

2. Wickle es in Alufolie und achte darauf, dass die Oberfläche schön glatt ist.
3. Pikse vorsichtig ein Loch unterhalb einer der Kanten. Bitte einen Erwachsenen um Hilfe, wenn du mit der Schere noch nicht so sicher bist. Durch das Loch wird später die Kette beziehungsweise der Wollfaden gezogen.

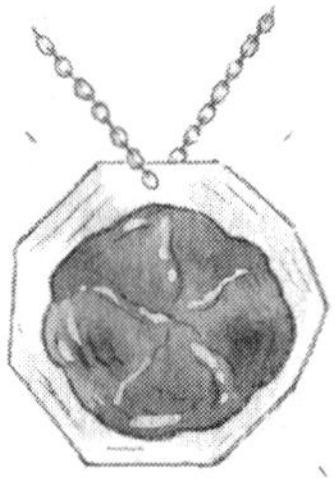

4. Wickle deine besondere Süßigkeit in das rote Transparent- oder Bonbonpapier. Befestige es dann mit Klebstoff auf der Fassung.

5. Ziehe die Kette oder den Wollfaden durch das Loch und hänge sie dir um den Hals – nun hast du eine Kette mit deinem eigenen kleinen Geheimnis. Spürst du schon die Einhorn-Kraft, die davon ausgeht?